LILIDOLL
Milky
venusdea

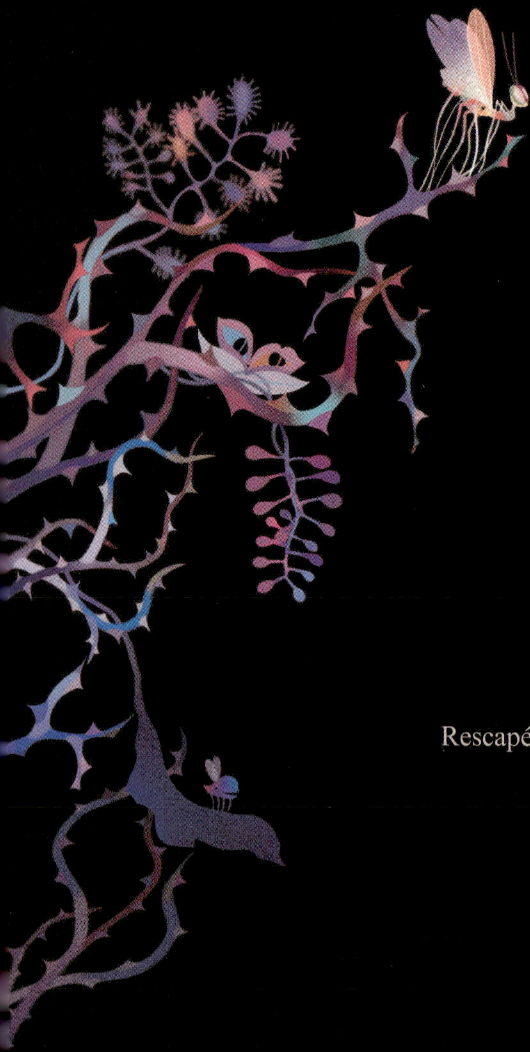

Cette forêt est mon royaume,
ce crépuscule, mon armure.

Rescapée de contes désuets et de fables perdues,
je vis sous les épines,
et rôde dans les broussailles.

*This forest is my kingdom,
the twilight, my armour.*

*Survivor of old-fashioned tales and lost legends,
I live under the thorns
and prowl in the undergrowth.*

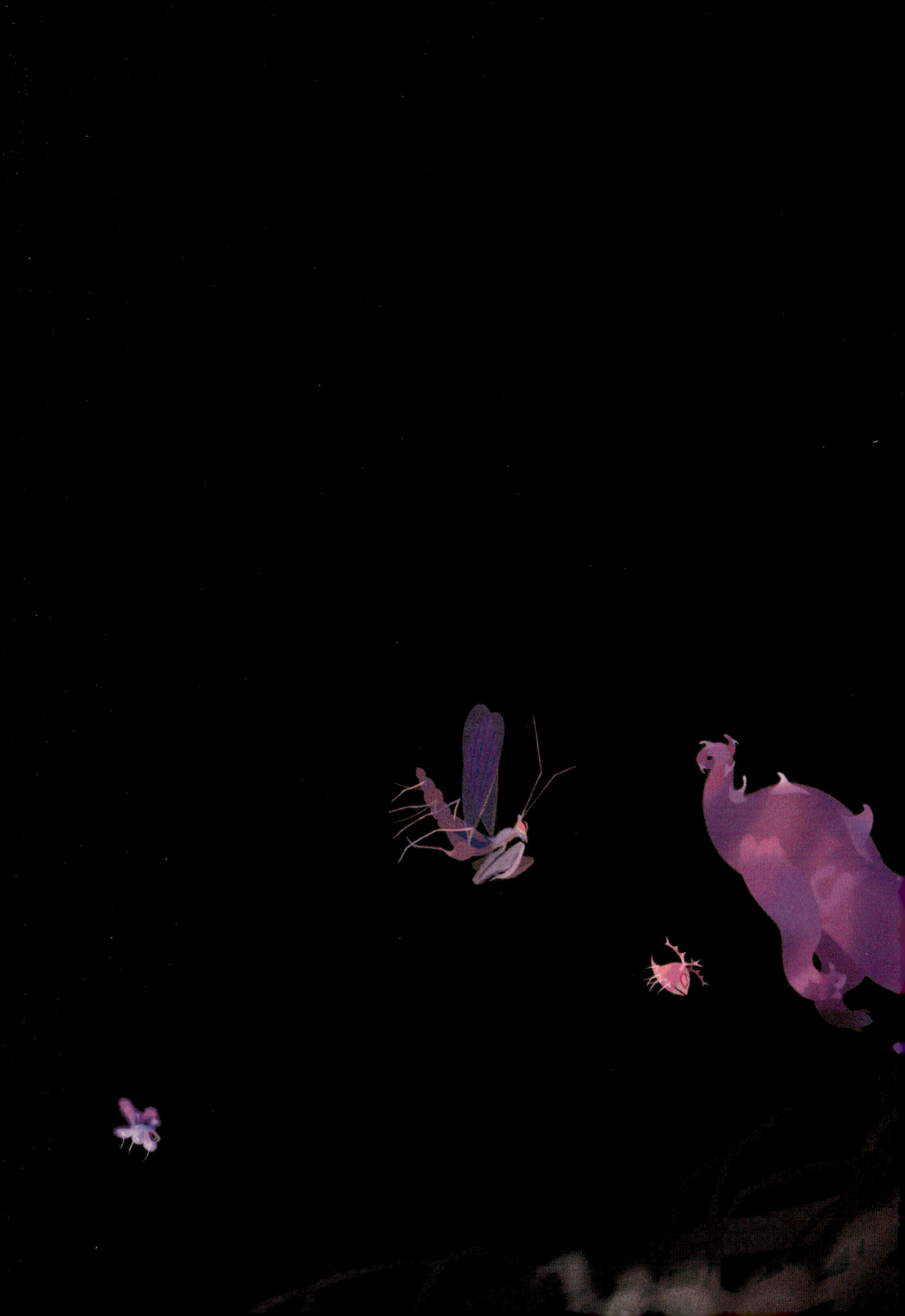

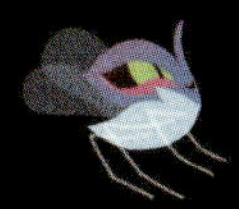

L'heure venue,
de très vieux sortilèges ravivent les bosquets,
les bois révèlent leur âme secrète...

Mes compagnons de jeu sont des êtres fantasques :
à petits pas bruissants, quittant l'abri des feuilles,
ou à longues foulées silencieuses et agiles,
ces créatures nocturnes accourent à mon appel.

When the time comes,
ancient magic will revive the grove,
the woods will reveal their inner secrets...

My playmates are whimsical creatures:
rustling footsteps, leaving the shelter of the leaves,
or long, silent, nimble strides,
these nocturnal creatures come running as soon as I call.

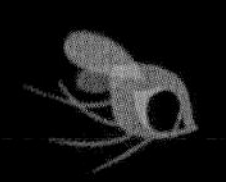

Je m'appelle Milky.

Je suis la gardienne de ces bois.

My name is Milky.

I am the guardian of these woods.

Il existe un monde reculé,
oublié des histoires, oublié des mémoires...
Ne le cherchez pas,
vous ne le trouverez nulle part :
il est ici.

Les êtres sauvages s'y ébattent librement.
Les plantes désordonnées y croissent...

Ce pays, je le sais par cœur.
Il est mien.

Le voyez-vous ?
Le connaissez-vous ?

Non ?
Laissez-moi vous guider...
Il deviendra le vôtre.

*There is a distant world,
neglected and forgotten...
Do not look for it,
you won't find it anywhere:
it is here.*

*The wild creatures frolic freely.
The undisciplined plants grow...*

*I know this land by heart.
It is mine.*

*Can you see it?
Do you know it?*

*No?
Let me show you the way...
It will become yours.*

Parfois,
une brise fugace se lève dans les branches,
puis le silence, absolu, apaisant,
puis à nouveau le vent, à nouveau s'arrêtant
brutalement, brusquement.

Sous vos pas s'élancera alors un chemin,
formé de tiges broussailleuses.

Chemin singulier, méandre révélé
au cœur des apparences.

Sometimes,
a fleeting breeze rustles in the branches,
then total, soothing silence,
then the wind again, stopping again
suddenly, abruptly.

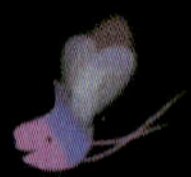

Under your footsteps a path
of scrubby branches, arises.

An offbeat path, meandering, revealed
in the heart of appearances.

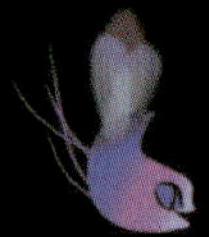

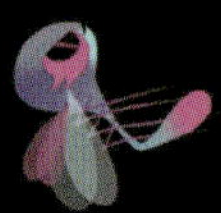

Méfiez-vous,
aucune agitation familière ne monte de ce passage :
nul bruit déchiffrable, ni bourdonnement, ni chuchotement...

Rien de reconnaissable, ni à l'oreille, ni à la vue,
il vous faudra dans ces bois vous libérer du connu.

Un monde nouveau.
Qui vit ici ? Qui demeure ?

Be careful,
no familiar agitation rises from this path:
no decipherable noise, no humming, no whispering...

Nothing recognisable, to the ear or to the eye,
in these woods you must put aside all that is familiar.

A new world.
Who lives here? Who resides?

À l'issue du chemin, une ancienne souche repose.
Un essaim bourdonnant y a fait son logis.

Sous la piqûre cruelle d'une nuée de trompes,
les derniers fruits juteux expirent peu à peu.

Qui vit ici ?... Qui demeure ?
Est-ce la mort ? Non...

At the end of the path lies an old stump.
A buzzing swarm has made its home.

Under the cruel sting of a swarm of probosces,
the last juicy fruits perish little by little.

Who lives here?... Who resides?
Is it death? No...

C’est la vie !

Magique, et malicieuse,
elle occupe les taillis, et éclaire les bosquets...

La ruche gorgée de nectar
offre à nos appétits une friandise rare :
en quelques sauts joyeux,
habiles et fougueux, les dragées sucrées
sont prestement croquées !

It’s life!

Magical and malicious,
it fills the undergrowth and lights up the grove...

The hive bursting with nectar
offers our appetites a rare delight:
in a few joyful,
dexterous and enthusiastic jumps, the sweet dragees
are promptly eaten!

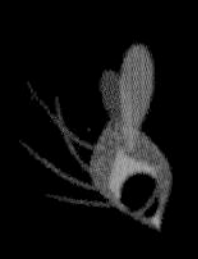

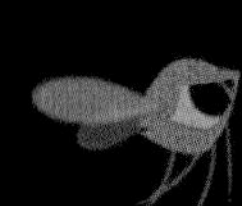

Libéré de l'essaim importun,
le vieux tronc reverdit,

à travers les feuillages,
une étincelle verte jaillit,

la vie, toujours,
éblouissante, et hardie !

Freed from the troublesome swarm,
the old stump grows green again,

through the leaves,
a green glimmer gushes out,

life, again,
dazzling and bold!

Voici le fleuve sombre qui parcourt ma forêt.
C'est le terrain de jeu d'une faune insouciante.

Ses rivages accueillants fourmillent de cachettes,
de plongeoirs, de nichoirs propices :
de petites bêtes frondeuses s'y baignent
et s'y chamaillent.

Here is the dark river which flows through my forest.
It is the playground of a carefree fauna.

Its welcoming banks are teeming with auspicious hiding places,
diving boards, nest boxes:
small rebellious creatures bathe
and squabble.

Mais attention...
... sachez vous montrer discrets,
car toute arrivée inopinée
pourrait effrayer ces créatures.

Réfugiées sur les berges,
elles jacassent et tempêtent,
sautillantes, impatientes,
à l'abri des roseaux.

But be careful...
...you must be discreet,
as any unexpected arrival
can frighten these creatures.

Hiding on the banks,
they chatter, rant and rave,
hopping, impatient,
sheltered by the reeds.

Qui vit ici ? Qui demeure ?

Alarmés par notre intrusion, les bois se figent
et la troupe piaillante s'éclipse dans les nids.

Un petit étourdi est laissé à la traîne.
Ne l'approchez pas, ne le touchez pas.
L'affolement le tuerait.

Passez votre chemin, il retrouvera les siens.
D'autres étapes vous attendent :
plus épineuses, plus merveilleuses.

Contournez notre marécage,
et ne vous y penchez pas : votre soif attendra.

Who lives here? Who resides?

Alarmed by our intrusion, the woods freeze
and the chirping troops slip into the nests.

A little scatterbrain lags behind.
Don't go near it, don't touch it.
The panic would kill it.

Walk on by, he will find his own.
There are other stages to come:
more hazardous, more wonderful.

Skirt around our marsh,
do not bend over: your thirst will wait.

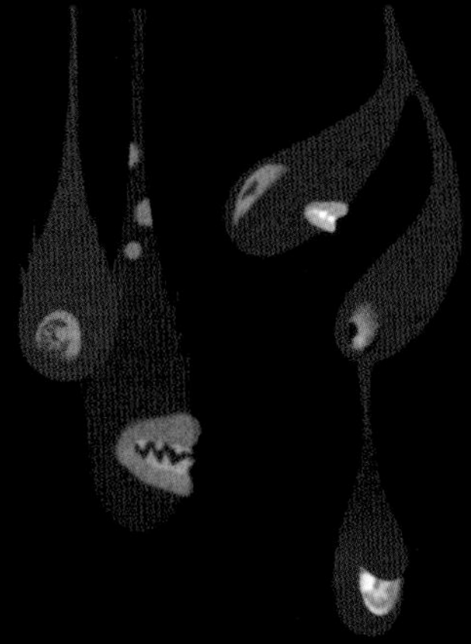

Voyez cet animal curieux...
Quel nom lui donneriez-vous ?

Un feu follet ?
Un phénix ?... Un hibou ?

Nageant avec aisance dans le lit des rivières,
et sitôt hors de l'onde aussi froid qu'une pierre.

Qui est-il ?
Je le sais, moi. Et la forêt aussi.

Sitôt qu'il s'assoupit, le feuillage bruisse et crisse,
et les oiseaux chuchotent...

See this curious animal...
What would you call it?

Will-o'-the-wisp?
A phoenix?... An owl?

Swimming with ease along the river beds,
then instantly out of the waters as cold as stone.

Who is he?
I know. And the forest as well.

As soon as he dozes off, the leaves rustle and crunch,
and the birds whisper...

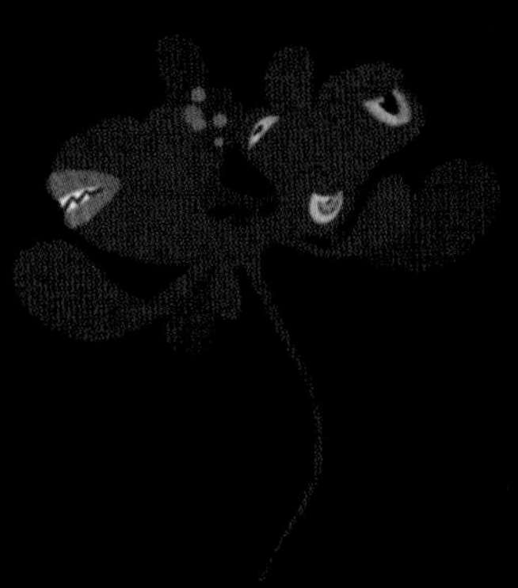

Un frôlement dans les cimes
ride la surface des flots...

Les animaux se blottissent,
les insectes s'abritent...

Une angoisse gronde, qu'il me faut apaiser.

Something in the tree tops
ripples the surface of the waters...

The animals huddle up,
the insects take cover...

Fear is brewing that I need to appease.

Cette petite bête blanche est un drôle de trésor.
Voyez la leçon qu'il nous donne !

À l'appel d'une plus grande, qui siffle, et qui tonne,
il s'égaye et chantonne, guilleret, cœur léger...

Ma forêt est un lieu bienfaisant...
Et voici l'une de ses confidences :
ce qui effraie n'est qu'apparence.

This small white creature is an unusual treasure.
Let's see what lesson he will teach us!

Called for by an elder, who whistles and bellows,
he is cheerful and hums, jovial, light-hearted...

My forest is a beneficent place...
And here is one of its secrets:
it is only frightening on the surface.

Même l'issue de ces marais semble
une route incertaine.

Pourtant, sur le sentier percé de fondrières,
les joncs brunis soudain se courbent,
et offrent à l'inquiétude, des clartés bienvenues.

Les créatures du fleuve sont réunies,
et la forêt sourit.

Le voyez-vous ?

À l'orée du rivage, la vie se colore
d'une teinte hivernale.

Even beyond these marshes
the route seems uncertain.

Yet, on the path full of potholes,
the dark rushes suddenly bend,
and bring welcome light to the disquiet.

The river creatures are reunited
and the forest smiles.

Can you see it?

On the edge of the banks, life takes
on the colours of winter.

De la neige au cœur de la forêt,
voilà un de nos endroits les plus prodigieux !

Voyez comme devant moi,
un charmant manège de flocons
virevolte, tourbillonne,
et invite à flâner sur le chemin feutré.

Suivez-moi,
car ce qui semble immuable
est ici riche de mystères...

Snow in the heart of the forest,
here is one of our most prodigious places!

Look in front of me,
a charming merry-go-round of flakes
twirling, swirling,
an invitation to stroll along the soft path.

Follow me,
because what seems immutable
here is full of mystery...

Les grilles d'un vieil ossuaire bâillent au bout de l'allée.

Une légion de petites bêtes blanches,
à fourrure soyeuse et pupilles grenats,
gambadent, sautillent et cabriolent :
ne sont-ils pas les plus exquis gardiens que vous ne croiserez jamais ?

Des oreilles laineuses, une truffe farceuse...
... deux petits crocs saillants dans une belle figure.

The gate to an old boneyard stands ajar at the end of the alley.

A legion of small white creatures,
with soft fur and dark red pupils,
frolic, jump and cavort:
aren't they the most exquisite guardians you've ever seen?

Woolly ears, a mischievous nose...
...two little prominent teeth, a beautiful face.

Le chemin gelé est percé de petits terriers...
Combien en compterez-vous :
des dizaines, des milliers ?

Voyez comme sur mes pas,
les petits curieux croissent et s'enhardissent.
Vous les rencontrerez aussi...
... si vous savez marcher à pas légers,
à pas feutrés, à pas de loup...

Mais méfiance !

Rien ne dure ici, tout se réinvente.
D'une seule paire d'oreilles, douillette et câline...
... en naissent deux, puis dix, puis cent...

Les petites sentinelles prolifèrent
d'une manière alarmante !...

The frozen path is full of little burrows...
How many can you count:
tens, thousands?

See them as if you were in my shoes,
the curious little things grow and become bolder.
You will meet them too...
...if you can tread nimbly,
silently, stealthily...

But beware!

Nothing lasts here, everything
is continuously reinvented.
From one pair of soft, cuddly ears...
...come two, then ten, then one hundred...

The little sentinels proliferate
at an alarming rate!...

Talonnés par la troupe vorace,
le salut le plus sûr s'impose :
de grands arbres gelés
sur lesquels se hisser !

The voracious troop hot on their heels,
a safe refuge is required:
tall frozen trees
to climb!

Hors de portée des canines tranchantes,
la situation vous paraît inquiétante ?

Que faire, dites-vous,
assiégés par les bêtes malfaisantes ?

L'évidence :
s'orienter vers les cimes accueillantes.

Pensez-y quand votre tour viendra :
dans cette forêt, jamais,
nul n'est fait comme un rat.

Out of the reach of the sharp canines,
does the situation seem worrying to you?

What can I do, you say,
besieged by the evil creatures?

The obvious:
climb towards the welcoming tree tops.

Remember when your turn will come:
in this forest, never,
has anybody been caught like a rat in a trap.

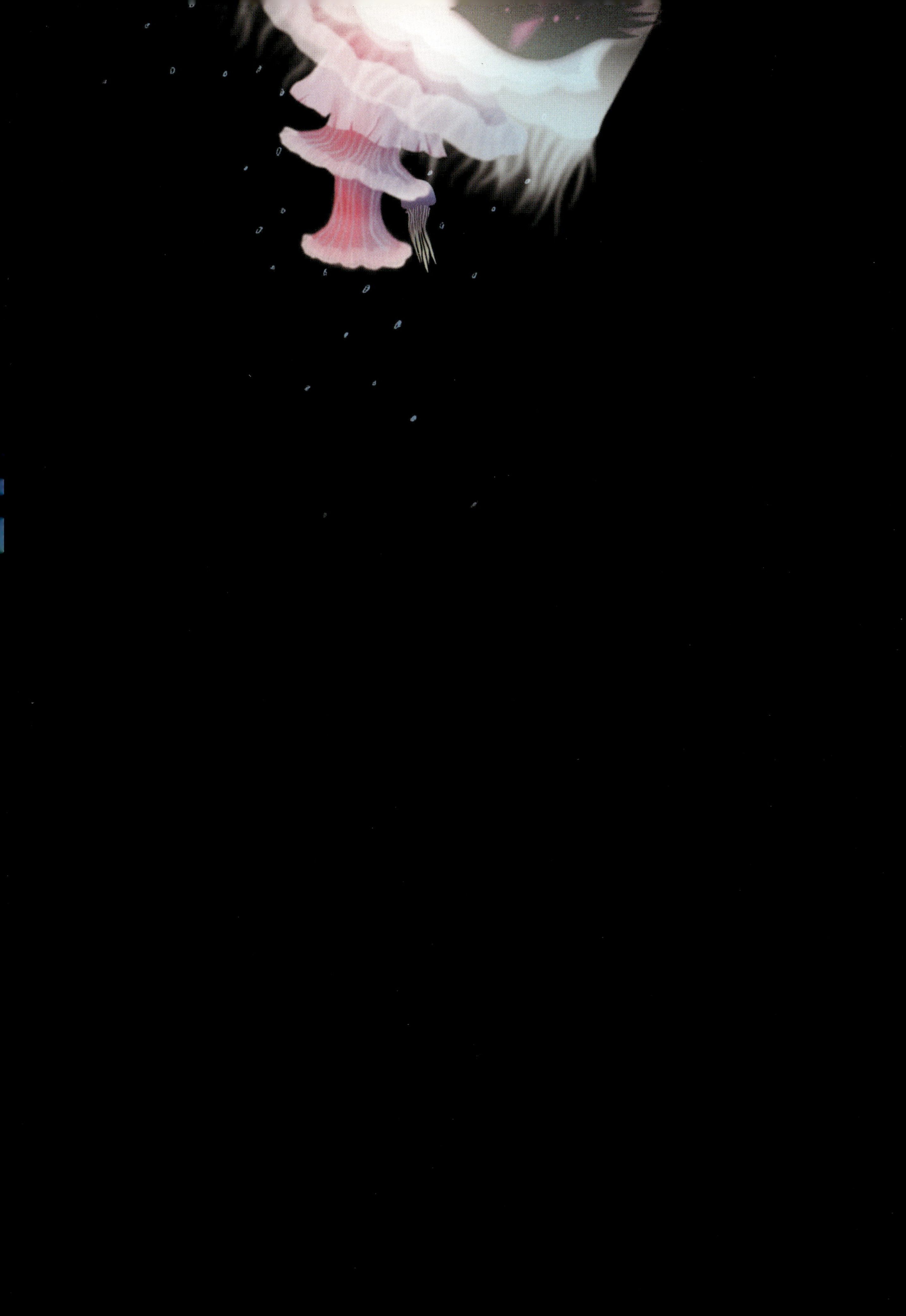

Ces bois abondent de surprises étonnantes :
le plafond de la forêt est une lagune mouvante,
qui afflue et reflue,
baigne les feuillages, les insectes surpris,
et les lièvres polaires...

This wood is full of extraordinary surprises:
the canopy of the forest is a moving lagoon,
which ebbs and flows,
bathes the leaves, the surprised insects,
and the polar hares...

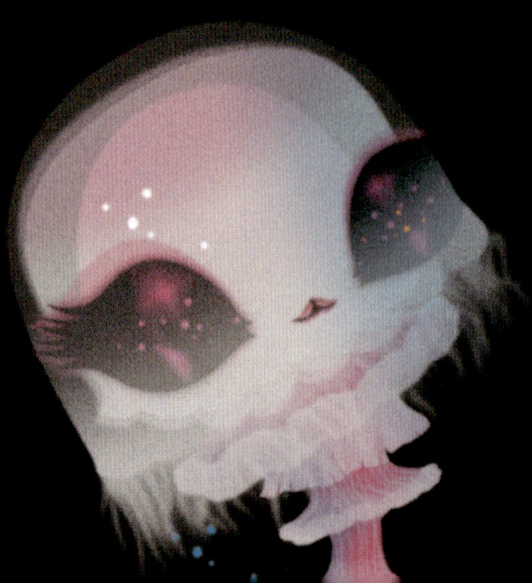

Dans la pénombre aquatique,
que verrez-vous ?
Quoi, dites-le-moi ?

Rien !
Pas plus que moi...

Mais rassurez-vous...
Nuls cauchemars ne menacent.

Pas de lapins avides,
de cavité sinistre, de hoquets menaçants :
les occupants du lieu sont
des êtres accueillants.

D'ailleurs...

In the aquatic half-light,
what will you see?
What, tell me?

Nothing!
No more than me...

But rest assured...
No nightmares loom.

No greedy rabbits,
sinister hollows or threatening howls:
the occupants are
very welcoming.

Then...

... voici qu'une longue traîne
électrise les eaux.

À la queue leu leu,
à petits battements cadencés,
d'insolites convoyeuses
composent une ronde secrète.

Cet étonnant manège attise
les convoitises :
en nageant, en roulant,
en accompagnant les courants,
qu'importe,
vous suivrez ces lanternes roses...

...all of a sudden a long trail
electrifies the waters.

Single file,
fluttering rhythmically,
bizarre messengers
organise a secret round.

This surprising merry-go-round
kindles desires:
swimming, rolling,
going with the flow,
whatever,
you will follow these pink lanterns...

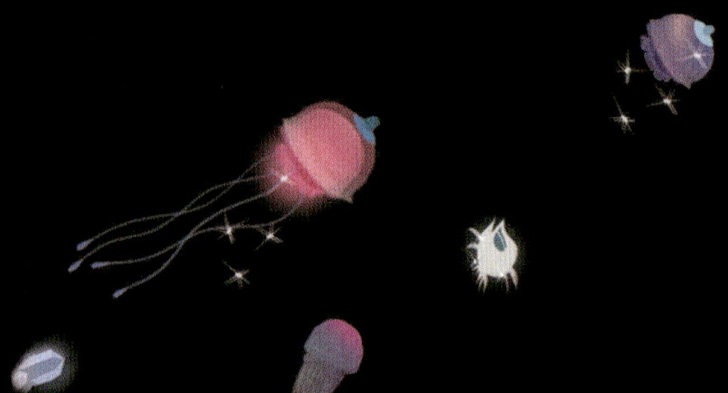

Au seuil d'un tunnel inhabité,
une grotte cristalline se dévoile,
pour qui sait la trouver.

Vous y parviendrez par des routes clandestines :
des cavernes abyssales, des galeries scintillantes.

Qui vit ici ? Qui demeure ?

Un monde silencieux vous y attend,
peuplé de murènes endormies
et de méduses coquettes.

On the threshold of an uninhabited tunnel,
a crystalline grotto is unveiled,
for those who know how to find it.

You will reach it via underground paths:
unfathomed caverns, sparkling galleries.

Who lives here? Who resides?

A silent world is waiting for you,
populated with sleepy moray eels
and flirtatious jellyfish.

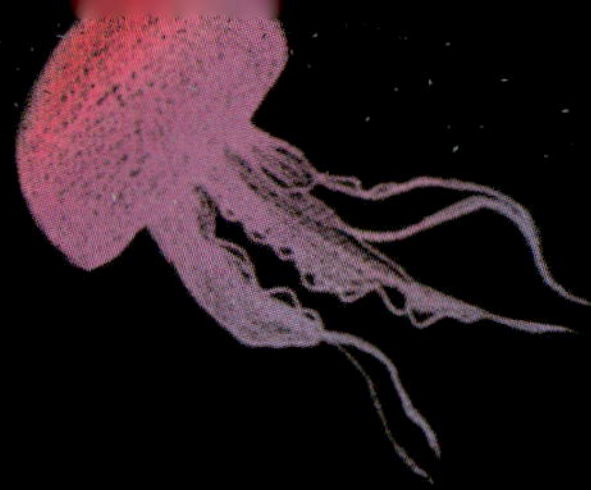

Enchâssée dans la roche,
vous y cueillerez comme moi, peut-être...
... une framboise étincelante.

Un larcin minuscule ne peut nuire à l'ensemble,
aucune surveillance ici,
personne ne se froissera d'un si petit emprunt.

À moins...

Embedded in the rock,
like me you will pick, maybe...
...a glittering raspberry.

A little petty theft will do no harm,
no surveillance here,
nobody will be grieved by such a small loan.

Unless...

... à moins qu'un si petit brillant
vaille tant qu'on s'y attache qu'il convient
de le laisser là où il repose !

Voici l'autre secret que ces lieux nous dévoilent :
laissez leurs butins aux fleuves,
aux abîmes ou aux cimes,
pour voyager léger, et trouver le chemin.

...unless such a small gem
is so valuable and endearing
that it should be left where it is!

This world reveals another secret:
leave the treasures for the rivers,
the abyss or the tree tops,
travel light, and find the way.

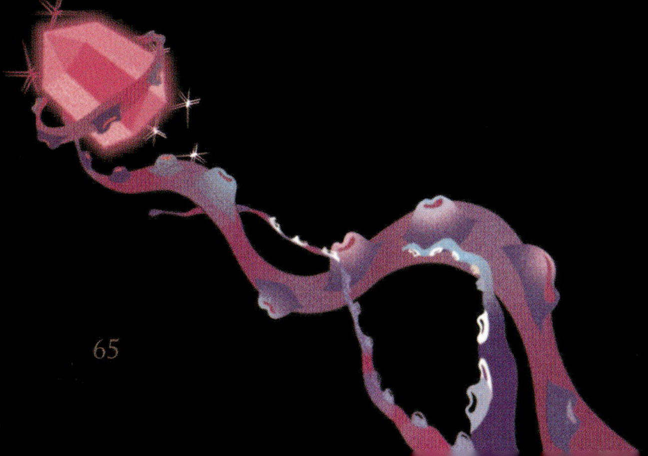

Une oisiveté opportune gagne
les eaux tranquilles.

Comme moi, bercés par l'onde câline,
vous fermerez les yeux.

Vos frayeurs se noieront,
vos tourments se briseront,
les bourdonnement nocturnes
troubleront vos mémoires...

*An auspicious idleness overcomes
the calm waters.*

*Like me, lulled by the tender wave,
you will close your eyes.*

*Your fears will be drowned,
your torments will be shattered,
the nocturnal humming
will cloud your memories...*

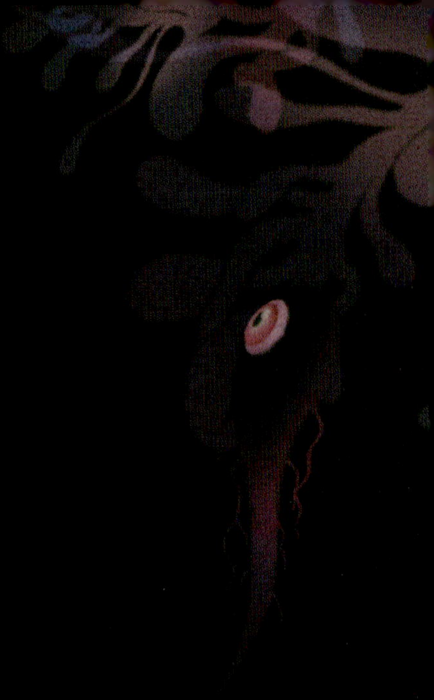

Une intuition vous frôlera...

Puis vous vous souviendrez
de ces bois...

... et de moi.

A presentiment will caress you...

*Then you will remember
these woods,*

...and me.

Car, cette forêt est votre demeure,

ce crépuscule, votre armure.

As, this forest is your abode,

the twilight your armour.

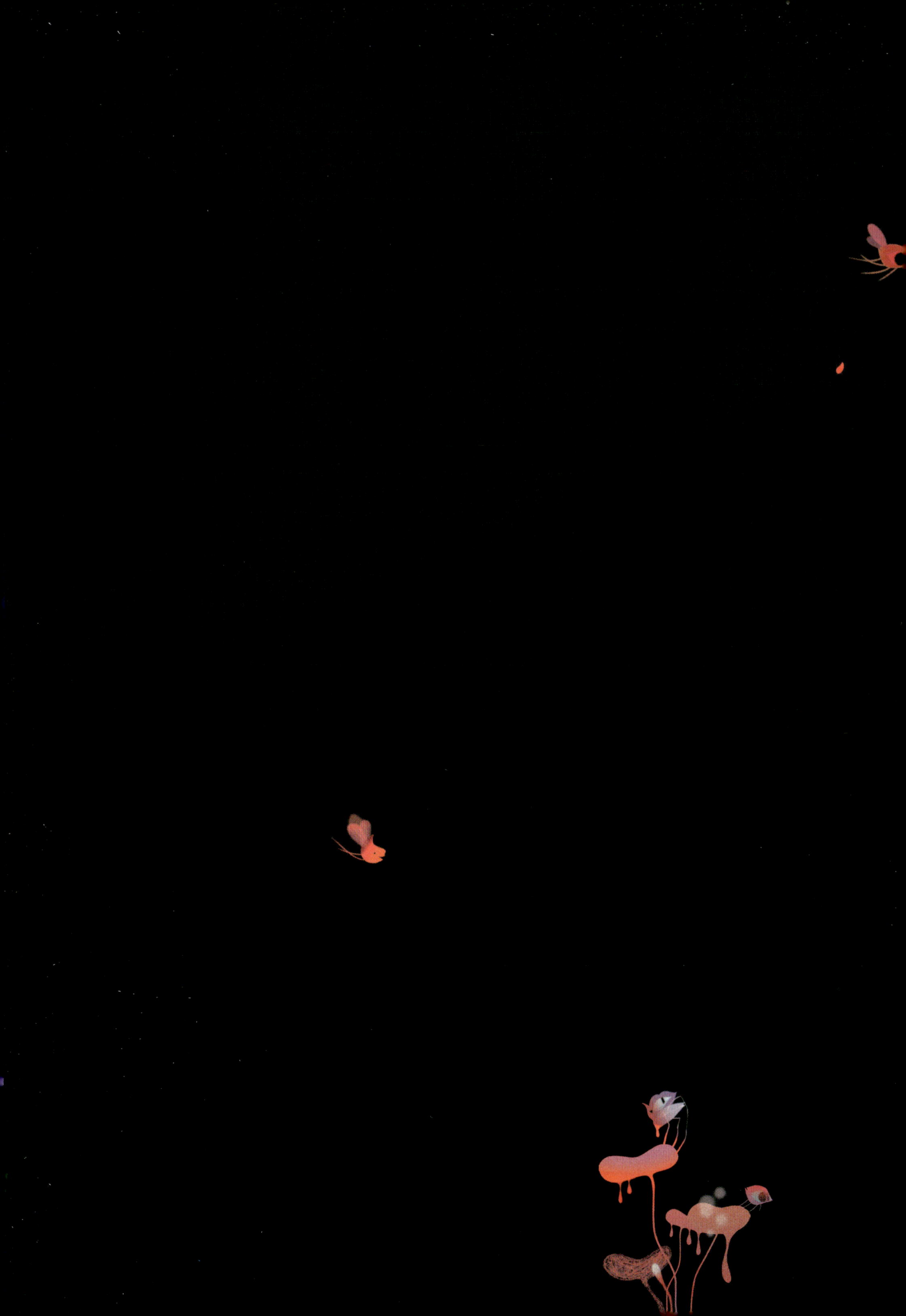

Ce livre est pour Emmanuel, qui m'a suivie avec enthousiasme sur les chemins parfois tortueux de Milky. Merci pour ton amour et ton soutien.

Pour mes parents, pour Anne et Julien.

Merci à mes amis pour leur présence discrète mais capitale, tout au long de cette belle aventure.

Un remerciement particulier à Stéphane Miquel pour être venu à mon aide, et avoir su si bien embellir mes pensées, et à Adeline, pour sa gentillesse et son assistance patiente.

À Clotilde et Barbara, qui ont porté la réalisation de Milky, avec leur amitié, et leur diplomatie à toute épreuve : merci !

the artpop label by Barbara Canepa

Éditrices : Barbara Canepa et Clotilde Vu

ÉDITIONS SOLEIL
PARIS
25, rue Titon – 75011 Paris – France
TOULON
15, bd de Strasbourg – 83000 Toulon – France

Conception et réalisation graphique : Lilidoll,
assistée par Adeline Richet-Lartigue
Logotype « Venusdea » : Matteo De Longis
Traduction : Helen Lamprell

Dépôt légal : Janvier 2013 – I.S.B.N. : 978-2-302-02761-9
Nouvelle édition

Impression : Toppan - Chine